AF308876

XIX. D

RÉPONSE
AUX REMARQUES
sur les Reflexions touchant
la Poëtique.

I. REMARQUE.

P Uisque l'auteur des
Reflexions veut appren_
dre les endroits où il s'est
mépris : il faut le satisfai-
re : & puis qu'il assure qu'on trouve
par tout des gens toûjours prests à
donner des avis : il est bon de luy faire
dire vray, luy qui s'est trompé si souvent, & qui a dit faux en tant de differentes manieres.

REPONSE.

Quand on sçait vivre : on ne parle
point ainsi : on détrompe charitable-
ment les gens, sans reprocher mal-
honnestement, qu'on dit faux. Et

A

Ye

quand on est sage on ne se vante de rien : on se defie de soy parce qu'on se trompe souvent. L'auteur des Remarques qui en use autrement donne d'abord une méchante idée de luy, & une étrange opinion de sa morale.

II. REMARQUE.

Je m'assure que l'auteur des Reflexions est encore à sçavoir, que la Poesie de son chef ne tient pas rang parmy les sept arts liberaux : mais seulement par le rapport qu'elle peut avoir, soit à la Grammaire, comme le dit Isidore en ses Origines, soit à la Musique, comme le pretend peut-estre avec plus de raison Martianus Capella.

REPONSE.

La Remarque est judicieuse, importante, soûtenuë d'une grande autorité. Car Isidore, & Capella sont de grands auteurs. Tous les Commentateurs d'Horace, qui ont mis pour titre à l'Epitre aux Pisons, *de arte Poëtica*, sçavoient-ils cette belle observation ? Ne peut-on appeller art, que ce qui se peut reduire aux arts liberaux. Est-ce à la Musique, ou à la Grammaire, à vostre avis, que l'art de Regner, dont parle Ciceron, doit se rapporter ? Pour moy qui ne sçay pas si bien que vous, le nombre des arts liberaux : je croyois qu'on pouvoit indifferemment appeller art tout ce qui se fait par des regles. Car Ciceron n'y fait pas luy-mesme tant de façon, il met la connoissance de la Poësie, & des Poëtes au rang des arts liberaux : il avoit pris ce sentiment de Platon. Ainsi vous trouverez bon que je continuë d'appeller la Poëtique un art & le plus parfait de tous les arts ; puis qu'elle a quelque chose de divin, comme l'assure Platon dans son Dialogue d'Ion, & Aristote au troisiéme livre de sa Rhetorique, Ciceron dans l'oraison *pro Archia poeta* : ce sont les auteurs que j'oppose aux vostres. Mais il importoit que le public ne fust pas privé de vostre belle & profonde erudition, fondée sur le témoignage de Martianus Capella grand critique.

III. REMARQUE.

Pour estre Poëte il faut tout sçavoir &c. le Reflexif avance qu'il est de la profession de Poëte de ne rien ignorer &c.

Neque solum has artes quibus liberales doctrinæ continentur, geometriam Musicam literarum cognitionem & poetarum &c. de ora. l. 1.

REPONSE.

Vous n'estes pas sincere: je ne dis pas cela. Je dis *que pour reüssir en Poësie:* il faut tout sçavoir : parce qu'il faut parler de tout ; & j'appelle reüssir, faire comme ceux dont je cite l'exemple, Homere & Virgile. Ce sont eux qui me touchent, ceux qui vous ressemblent me glacent. Car je ne suis pas si aisé à emflammer que vous, qui attaquez les gens sans raison, & qui de gayeté de cœur faites des libelles diffamatoires, contre vostre caractere, car on dit dans le monde que vous n'estes pas de profession à cela. Au reste je ne sçay, si ce que vous dites de Vitruve dans une affaire où il s'agit de Poësie, & non pas de bastiment, est fort à propos : mais je sçay bien que ce que vous dites du sentiment d'Antonius : ne l'est point du tout. Car Ciceron, qui ne parle que par la bouche de Crassus dans les livres de l'Orateur, au lieu que vous citez, ne fait rien dire à Antonius que pour le refuter. Ainsi je ne le refute pas moy-mesme. Et quand Crassus dit, que l'Orateur doit tout sçavoir pour parler perti-

Crassus
personam
Marci Ci-
ceronis su.

nemment de toutes choses : c'est Ciceron qui parle : consultez le Commentaire de Manuce sur cet endroit, & vous aurez honte d'avoir cité si mal à propos Antonius: car ce qu'il dit, est de nulle autorité. Pour Racan je ne l'ay appellé Poëte que de pur genie : les autres qualitez pour faire un Poëte accomply, qu je cite dans la Réflexion seconde, & que vous affectez de ne pas voir pour avoir de quoy critiquer, luy manquoient: il avoit de l'imagination & point de capacité : vous trouvez en cela de la contradiction : parce que vous la faite vous-mesme, en disant ce qu'on ne dit pas, & en ne disant pas ce qu'on dit.

IV. REMARQUE.

Attendez tant soit peu Lucain aura bien-tost du genie, il ne sera plus languissant. Voyez la page 150. Lucain est grand, élevé, & à la marge du mesme endroit, *Lucani mens effrænis, sui impos, immodico rapta calore.* Scal.

REPONSE.

Quel style ! comment tout cela est arrangé ! le beau discours que voila ! mais examinons-en le raisonnement,

finebit & oratorem perfectum magnis artibus definiet. Antonius qui defendit partes Quinti Ciceronis nõ tantam artium perfectionem tribuet oratori Man, in l. I. *de Orat.* p. 3.

qui est encore plus beau. Je dis que
Lucain n'est pas Poëte : & je ne le dis
que sur la bonne foy de Quintilien :
voicy ses paroles, *Lucanus, ut di-*
cam quod sentio, magis oratoribus
quam Poetis annumerandis. Sa Phar-
sale est une Histoire, & non pas un
Poeme : & ses Vers ne sont que des
Vers, & non pas de la Poësie. Mais
parce que vous ne distinguez pas l'un
d'avec l'autre. Vous l'érigez à mesme
temps en Poëte ! par un passage de
Scaliger que vous avez trouvé à la
marge d'un endroit des Reflexions où
il s'agit de l'expression, *Lucani mens*
effranis, sui impos, immodico rapta
calore. Voila Lucain Poëte à vostre
compte par ces belles paroles : *Luca-*
nus, dit Scaliger, *latrare mihi vi-*
detur non canere : & vous appellez
cela genie. Le beau discernement que
le vostre ! on peut vous en croire, a-
pres cela, quand il s'agit de Poëtes &
de Poësie : car vous vous y connoissez.
C'est ainsi que vous confondez toutes
choses, que vous ne distinguez pas la
versification d'avec la poësie : que ce
que je dis de l'une vous l'appliquez à

l'autre, & que vous ne trouvez de la contradiction dans mes paroles que par les changemens & par la confusion que vous y fourrez de vostre chef.

V. REMARQUE.

Ovide manque de jugement dans ses Metamorphoses. Cela est fâcheux : car il y a du genie à ce que vous dites , il a de l'art, du dessein mesme dans ses Metamorphoses , mais je pense pouvoir raisonnablement l'excuser : puisque ses Metamorphoses ne sont qu'un essay de jeunesse , qu'il n'a jamais reveu , qu'il desavouë & qu'il ne reconnoist pas pour sien , &c.

REPONSE.

Voicy une remarque d'un grand sens : où l'Observateur autorise tout ce que je dis , en me voulant refuter. Je ne sçay pas si c'est son intention : il y a apparence , qu'il ne s'entend pas luy-mesme : on ne voit pas ce qu'il prétend : & où va ce beau raisonnement : il convient de ce que je dis : qu'Ovide manque de jugement dans ses metamorphoses : puisqu'il allegue sa jeunesse pour l'excuser. Nous voila

A iiij

d'accord fur cela : mais je ne le fuis
pas avec luy, fur ce qu'il ajoûte,
qu'Ovide defavoüe fon Poëme des
Metamorphofes, & qu'il ne le recon-
noift pas pour fon ouvrage, il me
difpenfera de l'en croire fur fa parole :
puifque Ovide dit le contraire luy-
mefme. C'eft dans la premiere Elegie
du livre fecond des Triftes, où il fait
la lifte de fes ouvrages.

Dictaque funt nobis, quamvis
   manus ultima cœpto
    Defuit, in facies corpora ver-
    fa novas.

  Et il defavoüe fi peu ce Poëme,
qu'il en fait luy-mefme l'éloge à la
fin des Metamorphofes : qu'il s'en
glorifie, comme d'un ouvrage qui le
fera connoiftre à toute la terre, & qui
le rendra immortel : Voicy ces paroles qui font à la fin du quinziéme
livre.

Iamque opus exegi, quod nec Io-
   vis ira nec ignes
  Nec poterunt ferrum, nec edax
    abolere vetuftas, &c.

L'obfervateur devoit ne pas ignorer cela : Car pour un critique de pro-

fession qui a pretendu se signaler par
ses sçavantes remarques, la faute est
un peu grossiere. Mais je ne puis
m'empescher de luy donner charita-
blement un mot d'avis sur son beau
langage, & sur ces termes barbares
d'anonyme de Reflexif, dont il rem-
plit son discours. Pourquoy vous
mêlez vous d'écrire, vous qui ne sça-
vez pas parler. *Loqui non potes, &
tacere non vis.* C'est un petit mot
d'Aulugelle : dont il pourra faire son
profit, s'il est sage. Il est vray que
quand on est possedé de l'esprit de
critique : c'est une passion dont on
n'est pas maistre.

Aulug. ex
Epicarmo.
c. 15. l. 1.
noct. Attic.

VI. REMARQUE.

Quoy ! un general d'armée pour
gagner des batailles, un Ministre
d'Estat pour faire une paix generale,
n'ont pas besoin d'une si grande élevation d'esprit, ny d'un si fort genie,
qu'un petit faiseur de vers pour donner au public deux ou trois Odes &
deux ou trois Eclogues?

REPONSE.

Je ne voy pas par quel esprit l'Observateur me cite à faux tant de fois.

Car il y a un œil public, auquel on
n’impose point. Bien loin de dire ce
qu’il m’impute, je di, tout le contraire : je dis qu’un petit faiseur de vers
n’est point du tout Poëte : qu’un So-
net, qu’une Ode, qu’une Elegie, &
tous ces petits vers, dont on fait tant
de bruit dans le monde, ne font quelquefois que des productions toutes
pures de l’imagination : un esprit su-
perficiel avec un peu d’usage du monde est capable de ces ouvrages. La
vraye Poësie demande bien d’autres
qualités : le genie de la guerre & des
affaires n’a rien qui en approche. Je
conclus que pour exciter ces mouvemens de l’ame, ces transports d’admiration, qu’on attend de la grande
Poësie, tout le genie dont l’esprit de
l’homme est capable à peine y peut
suffire : & je finis ce discours par l’e-
xemple d’Homere, qui a esté l’admiration de tous les siecles. je m’en
tiens à ce que je dis : parce que dans
cette grande Poësie dont je parle : il y
a un certain caractere de divinité, selon le consentement de tous les grands
hommes, qui ne se trouve point dans

le genie de la guerre & des affaires.
Cela est-il si choquant & si déraison-
nable? Au contraire, n'est-ce pas une
chose si vraye, qu'on voit tous les
jours des Capitaines & des Negocia-
teurs reussir dans la guerre & dans les
affaires : & l'on ne voit presque point
ces mouvemens & ces grandes im-
pressions que la Poësie fait sur l'ame,
quand elle est, ce qu'elle doit estre,
merveilleuse & divine. Ce n'est pas
qu'il n'y ait des gens qui ont si bonne
opinion d'eux-mesmes, qu'ils ne
croyent pas qu'il soit difficile de donner de l'admiration : je ne sçay si le
Critique, qui s'admire si aisément
luy-mesme : n'est pas de ce sentiment.

VII. REMARQUE.

Mais vous, Monsieur, qui nous
venez dire qu'Homere est le maistre
universel de tous les legislateurs : &
qui nous dites incontinent aprés, que
c'est sur ce grand original que Platon
est devenu Philosophe : Sçavez-vous
bien que Platon dit le contraire en
termes exprés.

REPONSE.

On se lasse de vous le dire tant de

fois, vous changés toûjoursmes paroles, & vous n'avez nulle sincerité. Il
y a quatorze mois que vous avez mes
reflexions devant les yeux, comme il
paroist par la datte des editions : &
avec une critique aussi emportée que
la vostre, avec vostre conseil, car on
sçait que vous n'estes pas seul, vous
ne sçauriés copier fidellement deux
mots pour les refuter, sans y alterer
quelque chose. Si vous faisiés reflexion à la peine que vous avés d'estre
exact, à citer fidellement ce que vous
voulés critiquer : vous auriés de la
condescendence pour la fragilité de
ceux qui ne le font pas, dans les citations des auteurs. Et vous seriés plus
circonspect à reprocher les fautes,
qu'on fait en parlant des livres anciens : vous qui ne pouvés estre fidele
à citer les termes d'un livre nouveau.
Mais examinons vostre critique. Je
n'ay point dit *qu'Homere fut le maistre universel de tous les legislateurs.*
Voila deux faussetés que vous m'im-
posés. *Maistre universel des legislateurs,* c'est la premiere : *de tous les
legislateurs :* c'est la seconde. J'ay dit

feulement que *les legiflateurs avoient
pris dans Homere le premier plan,*
c'eſt à dire la premiere idée, *des loix
qu'ils avoient données aux hommes.*
Parce que du temps de Lycurgue &
de Solon, il n'y avoit point d'autre
morale, furquoy l'on peut fe regler,
que les livres d'Homere. Ce fut là
qu'ils prirent les idées de l'équité na-
turelle, de la temperance de la fruga-
lité, des devoirs de l'hoſpitalité & des
autres vertus civiles, dont on trouve
de ſi belles images dans l'Iliade &
dans l'Odiſſée. Car l'un & l'autre
avoient fort leu Homere : que l'Em-
pereur Juſtinien appelle dans la Preface des Pandectes, *patrem omnis
virtutis :* & qu'un moderne qui a
écrit fur le Panegyrique d'Iſocrate
nomme, *parentem omnis virtutis in
jure civili,* & Jamblique dans la vie
de Pythagore, dit que ce Philoſophe
avoit coûtume de citer Homere pour
regler les mœurs de ceux, à qui il par-
loit, & pour preſcher la vertu. Ciceron dans le 5. livre des Tuſculanes
dit qu'on difoit que Lycurgue avoit
vécu du temps d'Homere. Plutarque

Vvolphius
in Iſocrat
Panegyr.
Χρῆσθαι
ᾧ ὁ μῆρ
Ἀλέξειν
πρὸς ἱ-
πανορ-
θωσιν
ψυχῆς.

dans ſa vie ajoûte qu'un certain Ti-
mæus & un Apollodorus, témoignent
que ce meſme Lycurgue avoit eü des
conferences avec luy. Et Strabon
dans ſon dixiéme livre pretend que ce
fut dans l'Iſle de Chio qu'ils ſe virent.
Quoy qu'il en ſoit, car je ne ſuis pas
garant de tout cela : ce fut Lycurgue
qui apporta le premier les vers d'Homere, de l'Ionie en Grece, comme
Elian le témoigne au 14. chapitre du
livre 13. de ſon hiſtoire diverſe : Et ce
fut Solon, comme dit Laerce, qui fit
arranger les Poëmes de ce grand
homme, & qui les fit reciter publi-
quement dans leur ordre naturel.
D'où je conclus que l'un & l'autre
ayant eü une ſi grande connoiſſance
de ce Poëte : ce n'eſt pas ſans fondement que j'ay dit qu'ils avoient pris
le premier plan de leurs loix dans ſon
livre, qu'ils avoient ſi fort étudié.
Aprés particulierement que Plutarque cite une loy de Solon fondée ſur
un Vers d'Homere. Au reſte quand
on parle de legiſlateurs en general,
cela ne peut s'entendre que de Lycurgue & de Solon, qui les premiers

ont fait un corps de loix, qu'ils ont
arrangées. L'observateur avoit dans
sa septiéme remarque ajoûté à mes
paroles tous les Legislateurs pour
fonder le beau raisonnement qu'il
fait de Moyse, lequel n'avoit pas
pris ses loix d'Homere, à ce qu'il
dit, parce qu'il avoit precedé Homere de 500 ans. La raison en est
bien imaginée. La loy de Dieu n'a peü
estre prise de l'Iliade & de Lodyssée,
parce qu'elle a precedé cét ouvrage
de plusieurs années : & le legislateur
du Paganisme n'a peu estre le legislateur de la vraye religion, parce qu'il
n'est venu que long-temps aprés. La
remarque est digne d'un Chrestien.
Le bel honneur qu'il fait à sa religion.
Mais voila bien des paroles perduës :
en ce grand discours que nostre Docteur a copié de Platon à la fin de
cette remarque, qui ne va a rien : car il ne
s'agit point du tout de cela. J'avoüe
que non seulement Homere n'a jamais fait de loix comme vous le pre-
tendés par ces paroles du livre X. de
la republique de Platon que vous
cités en l'air, sans le marquer : mais

mesme qu'il n'a jamais mis le nom de
Loy dans ses Poëmes : comme Iosephe
l'affure. Mais vous avés décrit tout
ce difcours de Platon qui ne fert là
de rien que pour groflir vos remarques, & pour y mettre du Platon. Au
lieu de critiquer une faute groffiere
que j'avois laiffé échaper dans la quatriéme Reflexion où j'ay dit que *les
Geometres avoient appris d'Homere la
fcience de la terre* au lieu des Geogra-
phes : Car Homere n'a jamais fçeu la
Geometrie : un habile homme n'euft
pas laiffé paffer cela fans le remarquer.

VIII. REMARQUE.

Elle eft fur ces paroles de la Reflexion quatriéme , *c'eft fur ce grand
original ,* Homere , *que Platon eft
devenu Philofophe.* Parmy les Poëtes que Platon a chaffés de fa republique en general , il a chaffé Homere
nommement & le premier de tous.
Ne voyla pas un maiftre bien récom-
penfé & un difciple fort reconnoif-
fant, &c ?

REPONSE.

Ie n'ay peu conftruire rien de rai-
fonable de la fuite de ce difcours,
pour

pour comprendre ce que pretend l'observateur : tout y est si mal conçeu, & si mal arrangé, qu'on ne sçait ce qu'il veut dire. S'il veut refuter par là ce que j'ay dit, que Platon s'est formé sur Homere : il n'a qu'à consulter Themistius, qui dit en termes exprés, qu'Homere *est le Pere & l'original de tous les discours de Platon.* Dont Platon convient luy-mesme dans son dialogue de Jon : voicy ce qu'il fait dire à Socrate dés l'entrée de ce discours, qui est un éloge perpetuel d'Homere & de la Poësie. *Il faut, dit-il, s'attacher aux bons Poëtes, & sur tout à Homere, qui est le plus accomply & le plus divin de tous les Poëtes, & il faut apprendre non seulement ses vers, mais encore tous ses sentimens.* Libanius l'appelle le Pere commun de la Philosophie des Grecs. Maioragius dans sa Preface sur l'Iliade, dit *ab Homero tanquam ab omnis sapientiæ fonte omnes Philosophantium sectæ promanarunt.* En voyla suffisamment pour faire voir à nostre critique que je n'ay pas si grand tort, d'avoir d que Platon s'eſt formé l'eſprit dans la lecture d'Homere : qu'il liſe le chapitre onziéme de Longin , il trouvera que Platon eſt le plus grand imitateur d'Homere parmy les anciens. Et s'il veut s'en rapporter au ſentiment de Ciceron , il n'y a rien de plus chimerique que cette idée de republique qu'il cite, pour me refuter. C'eſt un endroit par où l'on fait dire à Platon tout ce qu'on veut. Car dans le livre meſme de la republique qu'il cite , il loüe Homere & il convient qu'il a beaucoup contribué à polir les eſprits dans la Grece par les ſciences qu'il y a introduites , & qu'il donne d'admirables preceptes pour la conduite univerſelle de la vie.

Epiſt. ad Attic. l. 1.

IX. REMARQUE.

D'où eſt-ce que l'Anonyme peut avoir apris que Platon n'a pû reüſſir en Poëſie ? car ſi jamais ce Philoſophe ne s'eſt mélé de faire de Vers , comme quelques-uns le veulent faire croire : comment ſçait-on qu'il n'a pû y reüſſir ? & s'il eſt auteur de beaucoup d'Epigrammes que luy attribuë Diogene Laerce ; où trouvera-t-on plus de naïveté ! c'eſt donc une grande har-

dieſſe à deviner, & à s'eſtre avancé
de la ſorte ſans pouvoir produire la
moindre marque, ni le moindre témoignage du monde pour preuve de
ce qu'on dit. Mais n'y a-t-il pas encore plus de temerité quand un chacun
peut aiſément s'inſtruire du contraire
&c.

REPONSE.

Tout cela eſt écrit le plus poliment
du monde, comme on voit : mais
c'eſt un plaiſant caractere que celuy
du Critique, dans cette remarque : il
fait le docteur, qui veut donner idée
de ſa ſuffiſance : & qui taſtonne, parce qu'il n'eſt pas ſeur de ſon fait. Si ce
Philoſophe, dit-il, ne s'eſt jamais
mêlé de faire des vers ; ainſi que quelques-uns le veulent faire croire : comment ſçait-on qu'il n'y a pas reuſſi,
C'eſt une grande hardieſſe à deviner
& à s'avancer de la ſorte, ſans produire de témoignage de ce qu'on dit.
Il paroiſt par ce diſcours ſi élegant,
que l'Obſervateur ne ſçait pas que
Platon ſe ſoit mêlé de faire des vers :
il m'appelle témeraire d'avancer cela,
ſans dire d'où je l'ay pris. Enfin il pa-

roist un air d'incertitude dans tout son discours pour sçavoir si Platon a fait des vers, ou s'il n'en a pas fait : s'il a reüssi ou s'il n'a pas reüssi, qui fait voir que ses lumieres sont bien bornées. Ne vous emportés pas, s'il vous plaist, mon cher : on vous satisfera : mais ne me dites point d'injures. Je vous diray donc, pour répondre par ordre à vostre beau discours. Premierement, que Platon a esté Poëte : qu'il a fait des vers heroïques & des Tragedies : car s'il n'avoit fait que des Epigrammes, il ne seroit pas Poëte pour cela. Secondement, qu'il n'y a pas reüssi. Troisiémement, qu'il le reconnut fort bien, qu'il fit brûler ses vers, n'en estant pas contant : & qu'il quitta ce métier, pour s'appliquer à la Philosophie. C'est Elian qui dit tout cela au chapitre 30. du second livre de son Histoire diverse : vous ne deviés pas ignorer cela : car c'est un livre fort commun qui est dans les mains de tout le monde. Cette remarque finit par une malice : le Critique me cite à faux pour m'imputer une contradiction : il me fait dire que

Πλάτων τὰ πρῶ-τα ἐπὶ ποιη-τικὴν ὥρ-μησεν, ἢ ἡρωικὰ ἔγραφι μέτρα εἶτα αὐ-τὰ κα-τέπρησεν ὑπεριδὼν αὐτῶν.

Platon a reüssi en Poësie : aprés avoir
dit le contraire : parce que dans la
Reflexion 32. de la seconde partie,
où je cite la maniere dont Platon fait
parler Socrate pour un modele de la
délicatesse dans le style , il a ajoûté
de son chef *délicatesse de vers :* quoy
qu'il ne s'agisse que de la délicatesse
en general. Je ne refute point cela
qui se refute de luy-mesme : par l'in-
fidelité de l'Observateur. Au reste il
paroist par toutes ces faussetés que ses
intentions ne sont pas fort innocen-
tes.

X. REMARQUE.

Il n'y a que deux fautes en ce passage d'Aristote εὐφυοῦς ἢ ποιητικῆ ἐστιν οὐ
μανικοῦ : l'une , que le premier mot est
mal traduit : l'autre , que le penultié-
me est falsifié. εὐφυοῦς ne veut pas dire
que le caractere du Poëte demande
rien de divin : mais qu'il luy faut de
l'esprit & du naturel. La falsification
de la fin du passage se trouve en la
particule οὐ au lieu qu'il doit y avoir
ἢ &c.

REPONSE.

L'Observateur parle icy d'un air

bien décisif. Mais graces à son genie, ses décisions ne passent pas la
Grammaire. Apres tout il est fâcheux
d'avoir affaire à un critique trop ima-
ginatif qui met ses visions en la place
de mes Reflexions pour les combatre.
Il a mis dans sa teste que j'ay pretendu
interpreter le passage d'Aristote qu'il
trouve à la marge de ma cinquiéme
Reflexion : à quoy l'on peut voir si
j'ay pensé par mes propres paroles.
Les voicy. *Il est vray qu'Aristote a
reconnu quelque chose de divin dans
le caractere de Poëte : mais il n'y reconnoist rien de furieux :* il paroist
par là que je n'ay nullement pretendu
traduire ce passage : dont les termes
n'ont point du tout de rapport aux
miens. Car il n'y a rien là qui exprime
cette divinité qu'Aristote a reconnuë
dans la poësie, comme il dit au livre
troisiéme de sa Rhetorique ἔνθεον γὰρ ἡ
ποίησις: par où l'on voit que je n'impose pas à ce Philosophe. Du reste toute
cette reflexion n'est qu'une pure explication du sentiment de Castelvetro, sur ce passage que critique l'observateur, & que j'ay trouvé favorable

pour détruire la méchante opinion
qu'on a des Poëtes. Je ne fais pas
comme l'auteur des Remarques, qui
compte pour luy tous les traducteurs
de la Poëtique d'Ariſtote : ſans en
nommer aucun. Je n'en compte qu'un
que je cite, qui eſt Caſtelvetro, le
plus exact, le plus profond & le plus
ſçavant des Interpretes de la Poëtique
d'Ariſtote : Voicy comme il traduit
ce paſſage *cioè la Poëtica e piu tofto
da perſona ingegnoſa, que da furio-
ſa :* Ce qu'il prétend dans la troiſiéme
partie de ſa Poëtique page 374. par
deux moyens : ou en changeant ἢ en
οὖ, comme j'ay fait à ſon imitation :
ou bien en prenant ἢ dans le meſme
ſens, qu'on prend μᾶλλον ἢ : à l'imi-
d'Homere en ce vers du 1. livre de
l'Iliade.

Βούλομ᾽, ἐγὼ λαὸν ϭόον ἔμμεναι, ἢ ἀπολέ-
ϭϟ.

Ainſi ce critique qui parle d'un air
ſi affirmatif, trouvera bon que je le
renvoye à Caſtelvetro, de qui j'ay
pris cette Traduction, pour ſauver
les Poëtes de la folie qu'on leur impute : & quand il s'en ſera éclairci :

il aura peut-estre honte de sa vanité :
s'il a de la pudeur. Le reste du raisonnement qu'il fait faire à Aristote,
fondé sur une conjecture desapprou-
vée par Sylburgius, est incompre-
hensible : car que veut-il dire *que les
inspirés sont ceux qui tombent aysé-
ment en extase, & les spirituels sont
tout propres à feindre, ainsi que les
extasiés & des personnes hors d'elles-mesmes.* Ce galimatias autorise
fort la belle critique de l'auteur des
Remarques sur ce passage : je ne sçay
pas, s'il entend ce qu'il dit, quand il
parle de la sorte : mais je sçay bien
qu'on ne l'entend point, quand il parle si mal : *les extasiés & des personnes
hors d'elles-mesmes.* Les honnestes
gens qui ont trouvé à redire au sens
que j'ay donné à ce passage dans mes
Reflexions : pourront voir que je
n'ay rien dit de mon chef : & ils pourront mesme entendre raison sur cela,
s'ils consultent Castelvetro : Car je
prétend que le sens des paroles d'A-
ristote ne peut estre entendu, que par
la traduction que j'ay suivie.

• dicano i passionati Castelver. ibid.

XI.

XI. REMARQUE.

Qu'on peut devenir Orateur sans avoir du naturel à l'Eloquence. Cela est directement opposé à ce qu'enseignent les deux Maistres de l'Eloquence Ciceron & Demosthene.

REPONSE.

Nullement : car Ciceron dans le mesme lieu que vous citez parle d'un Quintus Varius qui devint Orateur, quoy qu'il fut fort disgracié de la nature. Il ajoûte : *Non hæc disputo ut adolescentes, si quid naturale forte non habeant, omnino à studio dicendi deterream.* Quintilien dit la mesme chose en divers endroits, sur tout quand il cite l'exemple de Demosthene, qui ne pouvoit parler & qui devint si éloquent. Au reste je n'ay pretendu exprimer dans la Remarque sixiéme que le sens du Proverbe, *fimus oratores, nascimur poetæ,* & ce que combat le Critique, par son esprit de critiquer.

XII. REMARQUE.

Cette remarque est sur Racan à qui l'observateur prefere Malherbe.

C

REPONSE.

J'en conviens : mais par malheur il ne s'agit pas de cela, je parle des concurrens de Racan & de ceux qui l'ont suivy : & point du tout de Malherbe qui l'a precedé. Mais l'observateur va chercher Malherbe bien loin dans un autre endroit, pour le fourer icy avec Racan, & pour les opposer l'un à l'autre contre mon intention. C'est du genie dont je parle icy en parlant de Racan, qui l'avoit admirable : & c'est du style & de l'expression, dont il s'agit, au lieu où je parle de Malherbe. Le critique confond malicieusement tout cela : pour imposer, & pour critiquer ce qu'il a gasté. Car il faut se défier de luy en toutes choses.

XIII. REMARQUE.

A la verité cela est un peu poëtique en prose de s'imaginer que Virgile affichant tres-innocemment un distique à la porte d'un Palais à la loüange du Maistre, eut si grand peur qu'il en tremblast.

REPONSE.

C'est la modestie de Virgile qui le fait trembler : il a peur d'estre décou-

vert dans une si belle action : parce
qu'il n'est pas vain : peut-estre aussi
qu'il n'est pas seur de la maniere dont
cela sera receu : & qu'il doute du succés : il craint enfin : puis qu'il se cache
pendant la nuit : mais il faut avoir l'esprit bien contrariant, & estre bien ar-
dant à la critique pour chercher dans
des sujets si frivoles de quoy l'exercer
si mal à propos.

XIV. REMARQUE.

Vous avez raison de dire qu'il n'y a
rien de plus incommode qu'un Poëte
entesté de son merite : mais ce n'est
pas ce que signifie le Vers que vous
avez mis à costé de vostre treiziéme
page, *Sæcli incommoda, pessimi poetæ.*

REPONSE.

Ce sont presques toûjours vos ima-
gin..tions que vous combatrez vous-
mesme, & non pas mes Reflexions.
J'ay opposé la vanité des méchans
Poëtes à la modestie de Virgile : &
j'ay remarqué leur presomption & leur
entestement, comme ce qu'il y a de
plus essentiel à leur caractere. Car des
qu'on se méle de faire des Vers &
qu'on y reussit mediocrement : on est

évaporé : il n'y a que les grands hommes qui foient modeftes. Ainfi tout le
raifonnement que vous faites fur cette
Reflexion eft fans fondement. Pour
l'interpretation que vous donnez au
Vers de Catulle je m'en rapporte à Jo-
feph Scaliger, qui n'eft pas de voftre
fentiment : car que voulez-vous dire
par l'explication que vous y donnez :
*Les méchans Poëtes font l'incommodi-
té de leur fiecle ?* Quel fens raifonna-
ble peut-on donner à ces paroles ?
Parle-t-on de la forte ? Pour moy je
me fuis bien donné de garde de les traduire : & voftre critique qui cite le
fens que je leur donne, eft fauffe : car
je ne leur en donne point.

XV. REMARQUE.

Elle eft fur la feptiéme Reflexion qui
dit que le fentiment d'Horace eft que
la Poëfie doit plaire & doit eftre utile.
L'obfervateur pretend qu'Horace fe
contente de l'un des deux, & qu'il
laiffe la liberté au Poëte de vouloir
plaire, ou de vouloir profiter : &
qu'ainfi, l'on doit lire *aut prodeffe
volunt aut delectare Poëca :* non pas,
aut prodeffe volunt & delectare Poëta :

comme je l'ay cité à la marge : car il ne s'agit icy que d'une citation à la marge.

REPONSE.

Ne disputons point sur le sentiment d'Horace, il parle trop clairement, pour qu'on puisse douter de sa pensée.

Omne tulit punctum qui miscuit utile dulci.

Celuy, dit-il, *qui plaist en profitant est le plus habile.* C'est donc son sentiment que la Poësie doit estre utile & agreable : & je ne luy fais pas dire une fausseté, comme vous me le reprochez mal-honnestement : ce n'est que pour autoriser son raisonnement que j'ay mis la particule disjunctive dans le Vers que j'ay cité. Et je n'ay suivy que le sentiment de Ricobon, qui dans le traité qu'il a fait sur la Poëtique d'Horace est d'avis qu'il faut lire ce Vers ainsi : voicy ses paroles. *Naturalem finem poetica scripsit Zarabella esse utilitatem, atque adjectam esse delectationem, ut homines ad utilitatem percipiendam allicerentur : ideoque recte poetam scripsisse.*

Et prodesse volunt, & delectare poeta.

Atque id Aristotelis confirmari auctoritate. Ce qui est conforme au sentiment d'Horace. Puisque la conclusion de son discours en cet endroit, est que l'importance de la Poësie est de profiter, & de plaire en profitant.

XVI. REMARQUE.

Sur la Reflexion neuviéme qui porte que Platon ne bannit de sa Republique que les Poëtes impurs & dissolus. Le critique soûtiens que d'autres raisons ont poussé Platon à ne vouloir pas souffrir les Poëtes dans sa Republique. 1, à cause de leur impieté. 2, à cause qu'ils donnent de méchans preceptes & contraires à la veritable morale. 3. Qu'ils excitent la molesse & les passions. Car ce sont les paroles de l'observateur.

REPONSE.

Toutes les raisons qu'il apporte fort au long, & d'un style tres-ennuyeux, se reduisent à celle que j'ay exprimée dans le mot *de dissolution* : car l'impieté, la méchante morale, la molesse, les passions ne veulent rien dire autre chose. Mais le critique se plaist à citer Platon, sans considerer s'il le cite

à propos : & le grand discours qu'il
fait n'est qu'une preuve de la neuviéme Reflexion, qu'il établit en voulant
la détruire. Au reste s'il eust leu le discours que saint Justin a fait aux Grecs
pour les exhorter à embrasser nostre
religion : il auroit trouvé une autre
raison de ce que Platon a chassé Homere de sa Republique, que toutes
celles qu'il a rapportées : parce dit-il
qu'il enseignoit *que les Dieux, se
laissant flechir, deviennent legers &
changeans.*

XVII. REMARQUE.

Sur la Reflexion neuviéme qui dit
qu'il n'y a que les petits genies sujets à
dire des impietez & des ordures, Homere n'en dit point. Voyez Laerce
dit l'Observateur, dans la vie de Pythagore vous trouverez que l'ame
d'Homere est penduë à un arbre envi-
ronnée de serpens, pour avoir publié
dans ses écrits des impostures infames
contre le respect qu'on doit aux
Dieux, &c.

REPONSE.

Je ferois conscience dans une affaire
aussi importante que celle-cy de citer

des fables : je n'examineray pas mefme quelle crèance on doit à Diogene
Laerce fur cette belle vifion : je nedi-
ray rien que de réel. 1. Que Jamblique dans la vie de Pythagore dit que
ce Philofophe fe fervoit des Vers
d'Homere pour prefcher la vertu. 2.
Que Juftin le Martyr & Clement Ale-
xandrin le loüent en divers endroits de
leurs ouvrages comme un auteur dont
la morale eft droite. 3. Que faint Ba-
file appelle fes ouvrages un éloge perpetuel de la vertu. 4. Que faint Jerô-
me l'eftime par le commerce qu'il a
eu avec les Prophetes, 5. Qu'on ne
doit pas le blamer d'avoir mal parlé
des Dieux : puis qu'il n'en a parlé que
conformément à l'opinion publique :
outre que ce qu'il en a dit de trop li-
bre eftoit myfterieux ou allegorique
au fentiment des Peres Grecs : & il eft
fi peu vray qu'il ait parlé contre le ref-
pect qu'on doit à la divinité, que le
culte des Dieux ne s'eft étably que par
fes Poemes. Ainfi tout le raifonnement que fait le Critique dans fa dix-
feptiéme Remarque ne prouve rien,
finon qu'il a bien du difcours & peu de
fens.

XVIII. REMARQUE.

Virgile eſt coupable du meſme crime qu'Homere dans ſes fictions les plus indecentes. L'auteur de ſa vie nous preconiſe ſa modeſtie & ſa continence : mais cet extravagant a bonne grace de nous faire ce conte aprés qu'il nous la repreſenté comme un débordé. Je ſuis tres-aiſe que la jeuneſſe ny penſe point de mal. Je me doute que les intelligens n'en trouveront que trop, pour ne pas parler ſi inconſiderement que le Reflexif, qui exempte ce Poëte de toute impieté & de toute ordure.

Sur la Reflexion 9.
Virgile n'a jamais dit d'ordures.

REPONSE.

Apres tant de marques qu'a données le Critique de ſon peu de bonne foy : en alterant tant de fois mes paroles : il veut ſe racommoder avec le public, il fait la belle ame, le ſcrupule le prend. Virgile luy paroiſt trop diſſolu ; il s'étonne qu'on le laiſſe entre les mains de la jeuneſſe : il y trouve des ordures par tout en ſes Eclogues, en ſes Georgiques & en l'Eneïde. Pour moy je ſçay bon gré à ma ſimplicité : car je ne trouve point tout cela : c'eſt que le Criti-

que en sçait plus que moy : je m'en
tient au sentiment commun, que Virgile estoit honneste : qu'il dit mesme
honnestement les choses qui ne sont
pas honnestes : que jamais Poëte n'a
eu tant da pudeur que luy. C'est ce
que dit Servius en sa vie. *Adeo autem
verecundus fuit , ut ex moribus co-
gnomen acciperet : nam dictus est Par-
thenias :* & Seneque , Pline , Quintilien , Aulugelle loüent sa modestie,
en divers endroits de leurs ouvrages.
Le critique est le seul de son avis. Car
comme il a fait information de vie &
mœurs de Virgile, il veut que ce Poëte ait dit des ordures : par ce qu'il en a
fait : & il appelle son Commentateur
extravagant , parce qu'il loüe sa pudeur. Si tout cela est fort judicieux :
je m'en rapporte : je ne m'attache qu'à
ce qui me touche : je ne m'arreste pas
mesme à ses injures , car je n'en sçay
point à luy dire , & ce n'est pas dont
il s'agit.

De la dixiéme Reflexion. La Tra-
gedie apprend aux hommes que le vice n'est jamais impuny, quand elle

repreſente Egiſte dans l'Electre de Sophocle puny, aprés avoir jouy de ſon
crime l'eſpace de dix ans.

REMARQUE XIX.

Que voulez-vous dire par vos dix
ans. Si vous liſez l'argument en Grec
de l'Electre de Sophocle, & ſi vous
l'entendez comme il faut, il vous dira
qu'Oreſte avoit vingt ans, quand il
tua Egiſte, que ſi vous aimez autant
vous en tenir au traducteur, quoy
qu'il ait mal compris le Grec, vous
trouverez vingt ans aprés la mort du
pere, & dix environ devant qu'il
mouruſt : d'où l'on pourroit conclure
qu'au lieu de vos dix ans Egiſte ſeroit
demeuré impuny l'eſpace de trente,
& auroit continué pendant ce temps-
là de joüir de ſon crime.

REPONSE.

Il s'agiſt du crime d'Egiſte & du
fruit de ſon crime. Le crime eſt la
mort d'Agamemnon, qu'il tua : le fruit
du crime fut ſon trône, qu'il uſurpa.
Camerarius dans ſon Commentaire
ſur l'Electre de Sophocle dit en ces
termes. *Decem annis tenuit regnum
Agamemnonis adulter & parricida.*

Sponde dit le mesme dans ses Notes
sur Homere. Tous les nouveaux Cro-
nologistes Helvicus, Riccioli, Lab-
be ne passent pas le nombre de dix ans.
Homere dans le troisiéme livre de l'O-
dysée, qui fait raconter par Nestor
cette Histoire à Telemaque, ne met
que sept ans, ἑπτάετες δ᾽ ἤνασσε : ainsi
voila l'observateur bien loin de son
compte. Il parle en Docteur, & il ne
sçait pas compter : il fait une supputa-
tion sur le Scholiaste Grec, où il n'est
mention, que de l'âge d'Oreste quand
il tua Egiste : par laquelle il faudroit
qu'Oreste fust venu au monde dix ans
aprés la mort de son pere : pour trou-
ver les trente années de la joüissance
du crime d'Egiste. Et l'observateur en
ne citant aucune autorité pour soûtenir sa conjecture, ne laisse pas que de
faire le suffisant : mais toûjours d'un
air le plus mal-honneste du monde.
Car *que voulez dire par vos dix ans,*
Sent bien le paidant & l'école.

Le critique n'a pas le mot à dire sur
les Reflexions suivantes où il s'agist
de la Poësie Italienne & de la Poëtique d'Aristote & d'Horace en gene-

ral : il n'a pas trouvé là de passage à confronter : car c'est son talent. Mais il montre plus de jugement quand il se taist, que quand il parle.

De la treiziéme Reflexion. Par la comparaison que fait Longin au chap. 30. d'Apollonius & d'Homere, d'Eratostenes, & d'Archiloque, de Bacchilides & de Pindare, d'Ion & de Sophocle, il paroist que l'avantage du genie est preferable à celuy de l'art.

REMARQUE.

Lisez la 29. & la 30. section de Longin & vous verrez, qu'on ne traite point de ces deux endroits de cette question, si le genie est preferable à l'art.

REPONSE.

Si le critique veut se donner la peine de voir le 30. chap. de Longin de l'édition de Tanaquil Faber il trouvera ces paroles que j'ay traduites. *Ayme-rez-vous mieux cependant estre Apollonius qu'Homere : il n'y a rien à reprendre dans l'Erigone d'Eratosthe-ne, direz-vous pour cela qu'il vaut mieux qu'Archiloque. Choisiriez-vous d'estre Bacchilide, plustost que*

Salmurij ad an. 1665.

Pindare ou que Sophocle. Je ne dis
que cela à la fin de la Reflexion treiziéme sans traiter la question : si le genie est preferable à l'art, & sans la
faire traiter par Longin comme le
Critique me fait à croire.

Sur la remarque qu'il fait de Demetrius & de Properce je n'ay rien à luy
répondre, sinon qu'il prend le change:
il cite Denis d'Halicarnasse, où il s'a-
git de Demetrius. Il fait la mesme
chose dans la Remarque sur Properce, sur laquelle il cite Horace : & le
grand discours qu'il fait sur l'un &
l'autre à contre-temps ne détruit en
aucune façon ce que je dis de Demetrius & de Properce. Dont le premier
pretend *qu'Archiloque n'avoit pas
cette grandeur d'ame propre au Poeme heroïque,* qu'avoit Homere : &
l'autre dit qu'il n'estoit *pas propre à
chanter les guerres d'Auguste.* C'est
ce qu'il falloit refuter, & non pas faire un raisonnement de travers, & hors
de propos, selon son caractere.

REMARQUE.

Elle est sur le jugement que j'ay fait
d'un commencement de Poëme de

Fracaſtor ſur Joſeph vice Roy d'Egy-
pte. Le critique dit. Quel moyen de
pouvoir juger ſi Fracaſtor a reuſſi avec
peu, ou beaucoup de ſuccés dans un
Poeme, dont il n'eſt reſté qu'un fragment.

REPONSE.

Si vous n'avez pas veu ce fragment,
dont il s'agit icy pourquoy en parlez-
vous ? Eſt-il de la prudence d'un homme qui fait le ſçavant d'interpoſer ſon
jugement, ſur ce qu'il ne ſçait pas.
Aprés tout, cela marque une capacité bien bornée, de n'avoir pas veu cet
ouvrage, qui eſt commun. Mais le
raiſonnement qu'il fait pour finir cette
Remarque, eſt convainquant : *quelle*
indiſcretion, dit-il, *de condamner un*
ouvrage imparfait : lorſque l'auteur
a reuſſi admirablement bien ailleurs.
Eſt-ce à dire qu'on fait toûjours des
miracles, quand on en a fait une fois?
Martial a reuſſi dans une pointe d'E-
pigramme, dont il feroit bien un Poeme. Voila vos beaux raiſonnemens.

J'avouë que je n'entend rien dans
les deux Remarques ſuivantes. Dont
la premiere eſt à la 34. page ſur la Re-

flexion 16. qui dit que *c'eſt un grand
défaut de ne pouvoir finir*. Le critique fait le diſcoureur en l'air ſur *ſça-
voir finir*, & il fait voir qu'il ne le
ſçait pas : car il ne finit point : c'eſt un
galimatias que ce qu'il dit, où l'on
n'entend rien : & tout ce qu'il dit ne
me regarde pas. L'autre Remarque,
ſur la 19. Reflexion qui dit *qu'il n'y
a que les grands genies capables d'un
grand ſujet*, eſt encore moins raiſonnable. Il parle de dames, de la bonne
grace, du bel eſprit, du bel air, &
tout cela ne veut rien dire : on voit
bien qu'il s'efforce à dire de jolies choſes : mais il les dit ſi mal, qu'il fait pitié. Ainſi tout bien conſideré, je m'en
tiens à ce que j'ay dit. 1. *Que c'eſt un
grand défaut de ne pouvoir finir*, &
de vouloir tout dire quand on parle.
2. *Qu'il faut avoir le genie grand
pour concevoir un grand ſujet en poëſie*. Si le Critique n'en convient pas,
qu'il diſe quelque choſe de raiſonnable & l'on l'écoutera.

Mais au lieu de s'amuſer à vouloir
faire l'agreable à contre-temps : il devoit s'attacher à examiner ce que je
dis

dis dans les Reflexions 17. 18. 19. 20.
21. de l'art Poëtique en general & de
ses parties, de l'invention, de l'ordon-
nance du dessein, de la fable, des
differentes dispositions des esprits aux
differentes especes de Poësie, & des
autres questions essentielles au sujet
que j'ay entrepris : ou par la precipi-
tation de la premiere édition, & par
mon absence, j'avois laissé échapper
certaines choses, dont un critique habile pouvoit profiter, & que j'ay cor-
rigées dans ma seconde édition : mais
cela passoit l'Observateur, qui n'est
que literal & grammairien. De toutes
ces Reflexions que l'Observateur laisse passer sans rien dire, voicy ce qu'il
prend pour critiquer. *Le talent le plus
universel de nostre nation n'est pas le
jugement.*

REMARQUE.

Parlez de vous Anonyme, & dites
tout ce qu'il vous plaira que vostre
principal talent n'est pas le jugement :
à vous permis de tenir ce langage, vos
lecteurs ne vous désavoüeront pas,
s'ils daignent considerer vostre écrit.
Mais de dire que les François univer-

sellement parlant sont peu judicieux,
il n'appartient pas à un François par-
ticulier.

REPONSE.

L'observateur pour réveiller sa critique qui s'endormoit, remet en usage son peu de bonne foy : il corromp
mes paroles : & au lieu que je ne parle
que des Poëtes, & des Poëtes auteurs : que de ceux qui ne vivent plus :
car c'est une precaution que je repete
jusques à trois fois : que je ne parle
que des grands desseins qui se peuvent
reduire à deux ou trois seulement : &
que je dis qu'il y paroist plus d'esprit
que de conduite : le critique me fait
dire *que les François universellement
parlant font peu judicieux*. Il faut
qu'il y ait bien de l'amertume & de la
corruption dans un esprit : de ne pouvoir rien exprimer, sans le corrompre.
Mais quand l'observateur par ses dé-
guisemens auroit fait croire que je
comprend toute la nation : est-ce un si
grand crime de dire que si les François
font paroistre du jugement dans les
grands desseins. Ils font paroistre encore plus d'esprit. Car c'est le sens de

mes paroles avant que d'estre corrompuës. Quand l'observateur ajoûte à la fin de sa Remarque que j'ay repris mal à propos les Poëtes Espagnols & les Italiens dans leurs ouvrages : il parle contre sa conscience : il n'a pas assez de moderation : pour se taire s'il sçavoit en quoy je les ay mal repris : puisque la passion qu'il a de me critiquer de si grande : qu'il le fait souvant à faux, pour ne pas manquer de le faire.

De la Reflexion dix-neuf dans les petits ouvrages de Vers, c'est le tour qui y fait d'ordinaire la principale beauté comme l'on voit dans la pluspart des Epigrammes de l'Anthologie dans celles de Catulle dans les Odes d'Horace, &c.

REMARQUE.

Retenez bien ce que vous dites des Epigrammes de Catulle & de l'Anthologie. Car à ce que je conçois des à present de vôtre discours les Epigrammes de Catulle sont belles : il y a de belles Epigrammes dans l'Anthologie des auteurs ont reussi en Epigrammes, & ce n'est pas par hazard qu'ils y ont reüſſi, c'eſt plus d'une fois : n'oubliez pas toutes ces choſes.

REPONSE.

Pourquoy tant parler d'Epigrammes ? Quel intereſt y prend l'Obſervateur ? Que veut-il dire par là : n'oubliez pas qu'il y en a de belles, qu'il ſe trouve des auteurs qui y ont reüſſi ? Cele ne le regarde point. Un critique aigre & heriſſé comme luy n'a pas l'eſprit aſſez delicat pour en faire jamais de bonnes : & je le prie de ſe bien ſouvenir que d'en faire de bonnes ce n'eſt pas en faire d'admirables. Aprés tout comme il peut y avoir du myſtere en ſes paroles : je trouve que s'il ſe pique d'Epigramme, il n'eſt gueres raiſonnable de ſe piquer de ſi peu de choſe.

De la meſme Reflexion. Bonnefons a écrit en Vers phaleuques d'un air tendre & delicat.

REMARQUE.

Il eſt vray : mais Bonnefons n'eſt pas l'unique, ny le premier, ny le plus remarquable. Pourquoy parler de luy plûtoſt que de Macrin, de Dampiere de Beze & de quantité d'autres qui ne luy cedent nullement ?

REPONSE.

Je baise les mains à Macrin & à Dampierre, je ne les connois pas & je ne veux pas les connoistre. Pour Beze il a écrit des Phaleuques d'un style assez pur & assez élegant : mais qui n'approche pas de la delicatesse & du tour heureux des Phaleuques de Bonnefons. Et c'est de ce tour delicat dont je parle icy : à quoy le critique ne pense pas. Aprés tout il y a apparence qu'il n'a pas veu le Bonnefons dont je parle, non plus que les deux premiers livres du Poeme de Fracastor sur Joseph : & qu'enfin il a veu peu de chose.

Sur la vingtiéme Reflexion qui dit que le dessein d'un Poeme doit estre composé de deux parties, la verité & la fiction.

REMARQUE.

Pour un sujet de Poësie la verité n'est pas toûjours necessaire, tout y peut estre feint jusques aux noms. Aristote dit que dans quelques Tragedies on ne garde rien de l'histoire, comme dans celle d'Agathon, qui a pour titre la fleur. Et pour un sujet de

Poësie la fiction aussi n'est pas absolument necessaire, tout peut estre veritable, dit Aristote. Que faut-il donc precisément pour un sujet de Poeme ? Le vray-semblable qui vaut mieux que la verité : de là nous devons juger que le Reflexif a mal conclu quand il a dit. *L'histoire & la fable doivent necessairement entrer dans la composition d'un sujet de Poësie.*

REPONSE.

Le critique dit deux fois sujet de Poesie au lieu de sujet de Poeme : en quoy il faut voir son discernement. Il veut expliquer Aristote qu'il n'entend pas. Castelvetro le plus sçavant des Interpretes d'Aristote decide cela par ces paroles : *Le cose incerte & non piu avenute non bastano per soggetto al poeta. Percioche la favola della Tragedia, & dell'epopea non si po constituire se non di cose avenute & cognosciute : cosi richiedendo lo stato reale sopra il quale ella e fondata.* Ce qui luy fair condamner le Poeme du Boiardo dont le sujet est tout à fait feint, & tous les Poemes des Espagnols, dont les sujets sont purement

Castel. part. 3. fol. 212.

fabuleux. C'eſt le ſentiment d'Ariſtote à ce qu'il pretend : que le critique a
mal entendu : mais, quand cela ne
ſeroit pas ainſi : ce que j'ay dit que le
*ſujet du Poëme doit eſtre compoſé de
verité & de fiction, d'hiſtoire & de
fable.* Seroit toûjours veritable : puiſ-
que tout Poeme eſt eſſentiellement
l'imitation d'une action, dit Ariſtote.
L'action eſt-ce que j'appelle la verité
& l'hiſtoire, l'imitation eſt la fiction:
que tout ſoit feint ſi vous voulez dans
l'Iliade, le ſiege de Troye doit eſtre
vray ou ſuppoſé pour veritable, c'eſt
ce que j'appelle l'hiſtoire du ſujet. Ce
qui eſt ſi vray, que la Metamorphoſe
des Navires d'Enée en Nymphes de la
mer toute fabuleuſe qu'elle eſt, &
condamnée pour cela par les critiques
dit Servius, ne laiſſe pas d'avoir
une verité, qui eſt l'embraſement des
Navires, : c'eſt l'hiſtoire : & la Co-
medie d'Agathon toute feinte qu'elle
eſt dans les choſes & dans les noms,
doit avoir quelque choſe de vray ou
reputé vray pour fondement. Ce
n'eſt que par là, dit Caſtelvetro, que
les choſes peuvent plaire : car ce qui

Figmentũ hoc licet poeticum ſit, tamen quia exẽplo caret notatur à criticis *Servius in Æneid.*

paſſe pour abſolument faux ne fait
nulle impreſſion ſur l'eſprit. Enfin,
dit Ariſtote, le ſujet du Poeme eſt l'i-
mitation d'une action, & ce mot ſeul
détruit l'autre partie de cette Remarque : qui dit que tout peut eſtre vray
dans un ſujet : ce qui doit s'entendre
des choſes & des noms ſeulement : &
non pas de la conſtitution du ſujet : &
des-là que c'eſt une imitation il doit y
avoir quelque choſe de feint. Car de
meſme que la peinture qui eſt une imitation de la nature ne peut faire une
veritable fleur ; la Poeſie qui eſt une
imitation d'une action ne peut faire
que tout y ſoit veritable : autrement
ce ne ſeroit plus une imitation : mais
un original : mais cela paſſe le critique.

De la vingtiéme Reflexion la fable
compoſée, c'eſt celle qui a un changement de fortune.

R E M A R Q U E.

Il dit vray : mais il ne dit que la
moitié de ce qu'il devoit dire. La fable compoſée comprend ou un changement de ſon état, ou une ſoudaine
reconnoiſſance des perſonnes, ou l'un
ou l'autre, dit Ariſtote.   RE-

REPONSE.

Ce n'eſt que d'un pur eſprit de contradiction que part cette remarque : car
je pretend avoir tout dit dans le ſentiment d'Ariſtote, quand j'ay dit que la
fable compoſée eſt celle qui contient un
changement d'eſtat & de fortune, &
c'eſt en cela que conſiſte ſa diſtinction
eſſentielle d'avec la fable ſimple qui n'a
aucun changement. C'eſt le ſentiment
de Caſtelvetro qu'il n'y a point de fable
compoſée, *ſe non interviene la muta-
tione di felicità in miſeria, ò di miſeria
in felicità.*

De la Reflexion vingt-uniéme. Me-
nelaus fait menner Andromaque au ſup-
plice avec Aſtyanax ſon fils.

REMARQUE.

Il n'eſt rien dit dans l'Andromaque
d'Euripide du petit Aſtyanax que cette
Princeſſe avoit eu d'Hector ſon premier
mary : mais il eſt parlé de Moloſſus
qu'elle avoit alors de Pyrrhus.

REPONSE.

Il eſt vray qu'on a pris le fils du premier lit pour celuy du ſecond : cela échap-
pe quelquefois ſans qu'on y penſe. Et le
Critique a raiſon de faire le fier d'avoir
reüſſi en cette Remarque, aprés plus de
vingt-cinq fauſſes de compte fait. Mais

venir aprés quatorze mois relever une faute si peu considerable, & dont on s'est corrigé dans une seconde édition, avant les Remarques, est-ce un si grand sujet d'insulter ? La vanité qu'il fait paroistre pour si peu de chose, marque qu'il n'est pas accoûtumé au succés, ou qu'il n'est gueres sage.

Dans la Reflexion suivante le Critique se choque par un pur chagrin de temperament de ce que je cite Synesius. Demandez luy pourquoy ? Ce sont des traits de son caractere, qui luy échapent malgré luy : il faut luy porter compassion : on voit bien qu'il en est digne. Car il a bien à souffrir de son humeur.

Dans la Reflexion vingt-troisiéme on a mis le nom d'Enée où il falloit mettre celuy de Turnus, & le nom de Turnus où il falloit mettre celuy d'Enée, c'est une faute de l'Imprimeur, dont triomphe le Critique : pour joüir mieux de son triomphe, il ne devoit pas se laisser prevenir par une seconde édition : cela a été reformé.

J'ay dit dans la Reflexion vingt-cinquiéme que Sophocle qui represente les hommes comme ils doivent estre, est au sentiment d'Aristote preferable à Euripide qui represente les hommes comme ils sont.

REMARQUE.

Dites-moy, Monsieur, quels yeux avec vous, que vous voyez si souvent dans les auteurs Grecs & Latins, ce qui ny fut jamais ? Aristote ne dit point que Sophocle est preferable à Euripide, ny que celuy-cy represente les choses comme elles sont, & celuy-là comme elles doivent estre. Mais il dit que Sophocle a parlé ainsi de luy, se comparant à Euripide.

REPONSE.

Voyla les douceurs & les honnestetez du Critique. Pour moy je ne me pleins pas de ses yeux, mais de son cœur : où il y a si peu de bonne foy : quelles sont ses intentions, de falsifier tout ce que je dis ? Au reste quand j'aurois dit ce qu'il me fait dire : je ne l'aurois fait qu'aprés Vossius qui dans le chapitre 2. du livre premier de sa Poëtique dit en propres termes, *Aristoteles ait Sophoclem dixisse se effingere homines quales esse oporteret : ac Euripidem quales essent.* J'ay seulement dit que Sophocle qui represente les hommes comme ils doivent estre, est au sentiment d'Aristote preferable à Euripide, qui les represente comme ils sont. Je ne fais point dire cela à Aristote comme il paroist dans mes paroles : & je ne rap-

porte point ſes paroles comme une raiſon de la preference. Ce ſont deux fauſſe-
tez que m'impoſe l'Obſervateur. Main-
tenant Ariſtote prefere Sophocle à Euripide, en tant d'endroits de ſa Poëtique,
pour les mœurs, pour les diſcours &
pour la conſtitution des choſes, que je
n'ay rien avancé que de veritable en le
diſant. Et ce n'eſt que pour autoriſer ſon
ſentiment, qu'Ariſtote cite Sophocle.

Le Critique appelle galimatias ce que
je dis dans la vingt-cinquiéme Reflexion
que le cœur de l'homme eſt un abyſme
d'une profondeur, où la ſonde ne peut
aller, que c'eſt un myſtere impenetrable
aux plus éclairez, qu'on ſi méprend toûjours, je ne répond point à cela, qui ne
merite pas de réponſe : le public l'entend
bien.

Dans la ſuivante Remarque l'Obſervateur me reprend d'un air moqueur d'a-
voir appellé en la 16. Reflexion Evadné
Reine, qui n'eſtoit que fille du Roy
Iphis.

REPONSE.

Aprés que Virgile a appellé au liv. 1.
de l'Eneide Ilia fille de Numitor Reine,
parce qu'elle eſtoit fille de Roy. *Donec
Regina ſacerdos.* Aprés qu'il a donné
cette qualité à Ariadné qui n'eſtoit que

fille de Minos Roy de Crete au 6. liv. de l'Eneide.

> *Magnum Regina sed enim misera-*
> *tus amorem, &c.*

Aprés que cela s'est pratiqué sous les Empereurs : comme il paroist dans le second Panegyrique qu'a fait Claudian de Stilicon, où le Poëte parlant de la Maison Imperiale, dit *Reginasque parit*, & Claverius dans ses Notes sur ce Vers, ajoûte : *Sic regum filiæ apud nos voca-bantur.* Enfin aprés que Gennadius parlant de Faustinus & d'Atticus entre les Ecrivains Ecclesiastiques, dit qu'ils avoient dedié leurs ouvrages aux filles des Empereurs, en les appellant *Reginas:* pourquoy l'Observateur me raille-t-il d'avoir appellé Evadné Reine : mais un Grammairien n'est pas obligé de sçavoir tant de choses.

Pour le passage de Petrone qu'il corrige dans la Remarque suivante, il doit en avoir tout l'honneur, on voit bien par là qu'il sçait mieux son Petrone que moy. C'est une gloire dont il tirera toute la vanité qu'il luy plaira : je luy cede : aprés avoir dit dans ma Preface, qu'on ne peut nommer cet auteur, dés quand on a de la pudeur.

De la 27. Reflexion. La cinquiéme

qualité de la Diction est d'estre nombreuse pour soûtenir cet air grand & ma-
jestueux dont se sert la Poësie pour exprimer toute la force & la dignité des
grandes choses qu'elle dit : il ne luy faut
que des termes propres à enfler à la bouche & à remplir les oreilles , pour parve-
nir à ce merveilleux , qu'elle recherche
en toutes choses.

REMARQUE.

C'est justement les termes dont Horace se sert , pour dire tout le contraire,
& qu'il faut par fois s'abstenir de cette
grandeur & de cette magnificence de paroles , si Telephe & Pelée pretendent
faire pitié dans leurs disgraces par de
grands mots.

> *Telephus & Peleus, cum pauper, & exul uterque*
> *Projicit ampullas & sesquipedalia verba, &c.*

REPONSE.

Il ne s'agit pas icy de l'expression , sur
quoy le Critique nous cite Horace mal-
à-propos : il ne s'agit que d'une des qualitez de la Diction qui doit estre grande
& nombreuse pour soûtenir la grandeur
la majesté des sentimens élevez de la
Poësie. *Effugiendum est ab omni vili-
tate verborum, sumenda voces à plebe*

fummota : c'eſt à dire ce ton de majeſté dont parle Horace. *Atque os magna ſonaturum.* Il ne laiſſe pas d'avertir, que ſi Telephus & Peleus qui ſont des miſerables veulent parler d'un grand air, ils deviendront ridicules. Il faut ſe proportionner. Voilà le ſens d'Horace, qu'on entend aiſément : quand on ſçait le ſuivre, en s'attachant moins à ſes paroles, comme fait le Critique, qu'à ſes ſentimens.

De la Reflexion 28. Euphranor fit l'image de Jupiter ſur l'Original d'Homere qu'un Profeſſeur expliquoit à ſes Ecoliers. Phidias fit le meſme ſur le meſme modele, comme l'a écrit Apion.

REMARQUE.

Le Reflexif pour exprimer ces mots d'Euſtathius ὃ ἀπιὼν ἔγεαψεν s'eſt aviſé de mettre comme l'a écrit Apion le Grammairien : au lieu que ἀπιὼν eſt un participe.

REPONSE.

Il n'y avoit qu'un Grammairien d'une erudition fort bornée, capable d'appuyer une conjecture par un participe, & de faire le fier ſur une ſi foible autorité. Je n'ay point cité Euſtathius à faux ſur l'idée des images de Jupiter priſe dans les Vers d'Homere. Mais j'avouë que par imprudence j'ay pris Apion pour Stra-

Geograp.
l. 8.

bon, qui est l'original de ce que remarque Eustathius d'Homere : duquel Strabon a dit ce beau mot ὁ τὰς τῶν θεῶν εἰκόνας ἢ μόνος ἰδὼν, ἢ μόνος δείξας, qu'il est le seul qui a connu les veritables figures des Dieux, & qui les a enseignées aux autres. C'est de là qu'Heliodore dans son Histoire de Theagene & de Cariclée a pris ces belles imaginations de la figure des Dieux & de leurs démarches. Et Casaubon dans ses Notes sur Strabon nous apprend qu'Herodote avoit donné lieu le premier à cette pensée, en disant qu'Homere avoit découvert aux hommes les visages des Dieux. Voilà la doctrine que l'Observateur devoit nous expliquer sur l'endroit d'Eustathius que j'ay cité : & ne pas s'amuser à proner en écolier l'autorité de son participe, pour m'imposer à son ordinaire : aprés mesme que l'erreur d'Apion a esté corrigée dans l'édition qui a précedé les Remarques.

La Remarque suivante est un passage d'Aristote sur l'usage des Metaphores expliqué par Quintilien. Aristote dit que le discernement dans cet usage est une marque d'un excellent esprit : à quoy j'ajoûte le mot de Quintilien : *Sublimitas translationis periculo audaciæ proxima* : pour en user sagement il faut con-

fulter Ariftote en cet endroit. Ce que dit
le Critique fur cela eſt plus contre ces
deux auteurs, que contre moy: qui les
fais parler, ſans rien dire icy de mon
chef: comme il bat la campagne dans le
diſcours qu'il fait en l'air fur l'uſage des
Metaphores, je le laiſſe là, pour m'en tenir à Ariſtote & à Quintilien.

Dans la remarque qu'il fait fur la 30.
Reflexion, où il pretend que je mal-
traitte les Poëtes François: il prend ſous
ſa protection du Bartas, Theophile,
Garnier, Rotrou, Mayret, de la Serre
& tous les autres qui ont écrit pour le
theatre devant l'année 1635. qui fut celle
de l'érection de l'Academie Françoiſe:
car je ne reprend que les Poëtes de ce
temps-là. Voicy comme je parle de ceux
qui écrivent aujourd'huy, que l'Obſervateur veut revolter contre moy. *Nous
avons preſentement des auteurs d'un
genie plus fort que ceux dont je viens de
parler, leſquels font voir aujourd'huy
dans leurs ouvrages que la pureté de la
langue peut-eſtre jointe à la grandeur
des ſentimens, & à toute l'élevation dont
la grande Poëſie eſt capable.* C'eſt dans
ma Reflexion 31. Mais le zele qu'il affe-
&te d'étaler pour ſa nation eſt ſi froid
qu'il ne luy fait pas dire une ſeule raiſon

pour défendre ceux qu'il protege. Ce n'est pas aussi à luy à s'en mêler, il n'est pas de caractere à cela. Il ne sçait que faire du bruit, & point d'effet.

Sur la Reflexion 30. qui dit Socrate raille Gorgias, parce qu'il affectoit de dire les petites choses d'un grand air.

REMARQUE.

Aprés avoir lû le Gorgias de Platon, je suis convaincu que Socrate railloit Gorgias de toute autre sujet que pour celuy que nostre Reflexif allegue.

REPONSE.

Tout le dessein du Dialogue de Platon sur Gorgias est de railler les Sophistes qui ne se proportionnoient point à leur sujet, & parloient de toutes choses avec affectation : qui n'est autre chose que ce que je dis : car l'affectation est de dire les petites choses d'un grand air. C'est ce que Marcille Ficin dans l'argument du Gorgias dit des Sophites : *eos affectato nimium stylo uti consuevisse.* Et Serranus dans son Argument, faisant une recapitulation de tout ce Dialogue, dit ces paroles. *Plato docet Rhetorices usum in eo versari, ut justè loquamur.* Gorgias ne le faisoit pas, il disoit de petites choses d'un grand style Socrate, l'en raille. C'est ce que je dis. Le critique n'en convient pas.

Dans la Remarque suivante le criti-que me donne de grandes loüanges. A quoy je n'ay rien à luy répondre : puis qu'il est contant de moy: mais on ne loüe pas bien quand on critique mal.

REMARQUE.

Il me blâme de ce que je menne battant Fracastor, Vida, Sadolet, Sannazar, qui meriteroient un traitement plus fa-vorable, j'ay tort de dire qu'ils retom-bent dans leur genie aprés avoir pris ce-luy de Virgile.

REPONSE.

Je les loüe d'avoir le plus approché du tour & du nombre de Virgile : il est vray que j'ajoûte qu'ils retombent dans leur propre genie : car sans cela ils seroient tous des Virgiles. Ainsi je pretend avoir dit d'eux ce qu'il en falloit dire, sans les offenser. Au lieu que l'Observateur qui fait le zelé pour leur gloire fait faire la plus grande impertinence à Vida dont un Poëte heroïque puis estre capable : il dit en la page 104. que Vida a fait un Poeme sur la vie de nôtre Seigneur. C'est comme si on disoit que Virgile a fait un Poeme sur la vie d'Enée ; le raison-nement qu'il fait sur cette belle remarque est d'un homme qui ne sçait ce que c'est que Poeme épique. Vida a fait un Poeme sur la Passion de N. S. dont l'action ne

dure que quatre jours: & le Critique veut
que ce soit un Poeme épique sur la vie de
N. S. Et comme il soûtient que Bucanan
& Bourbon sont fort Virgiliens , & que
les Scaligers ont fait des Vers tendres ,
delicats , admirables. Il faut des Com-
missaires pour nous accommoder : car
je pretend le contraire.

On peut adjoûter deux petites Reflexions à toutes ces Remarques. La premiere comme il s'agissoit dans mon ouvrage de juger presque de tous les ouvrages de Poësie qui se sont faits depui
trois mille ans, dans toutes les langues ,
& établir sur ce jugement une Poëtique
reglée : estoit-ce à un Grammairien qui
n'est propre qu'à confronter des passa-
ges , à interposer son jugement dans une
affaire qui passoit si fort sa capacité. La
seconde , pourquoy s'est-il avisé de
violer toutes les loix de l'honnesteté , de
de la bienseance & des autres devoirs encore plus saints , pour profiter d'une im-
pression precipitée & faite en l'absence
de l'auteur , pour le critiquer avec tant
de passion & tant d'animosité. *Multos*

Senec. l. 3.
de ira.

*absolvemus , si coeperimus ante judicare,
quam irasci , &c.* L'autre partie des Remarques n'est que sur les citations aux
marges, qui ne meritent pas de réponse:
& l'on m'arrache la plume des mains.